I0639105

LES
PHILIPPIQUES

DE

LA GRANGE-CHANCEL

PUBLIÉES

d'après le manuscrit et les annotations de l'auteur

AVEC UNE PRÉFACE

PAR

A. DUJARRIC-DESCOMBES

Licencié en droit, Officier d'Académie, Membre de la Société historique et
archéologique du Périgord, Membre correspondant de la Société archéologique et historique de la Charente et de l'Académie des Poètes.

PÉRIGUEUX

IMPRIMERIE DUPONT ET Cie, RUE AUBERGERIE

1878

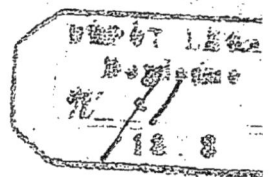

LES PHILIPPIQUES

LES
PHILIPPIQUES

DE

LA GRANGE-CHANCEL

PUBLIÉES

d'après le manuscrit et les annotations de l'auteur

AVEC UNE PRÉFACE

PAR

A. DUJARRIC-DESCOMBES

Licencié en droit, Officier d'Académie, Membre de la Société historique et
archéologique du Périgord, Membre correspondant de la Société archéologique et historique de la Charente et de l'Académie des Poëtes.

PÉRIGUEUX

IMPRIMERIE DUPONT ET Cie, RUE AUBERGERIE

1878

PRÉFACE [1]

Notre but, en publiant les *Philippiques* de La Grange-Chancel, est d'accomplir une œuvre à la fois de restitution littéraire et de réparation morale envers un poëte dont le caractère a été trop méconnu.

De tous les ouvrages de La Grange, les *Philippiques* sont assurément celui qui a le plus contribué à répandre son nom : mais malheureusement ces odes sont devenues si rares que peu de personnes les possèdent, et, chose plus regrettable encore, sur une quinzaine d'éditions parues jusqu'à ce jour, une seule, celle de Victor de Chancel, fils de l'auteur, donnée à Bordeaux, en 1797, à un très-petit nombre d'exem-

[1] Cette préface a été préparée à la fin de l'année 1870, en collaboration avec notre compatriote et ami M. Elie de Biran, en vue d'une publication, arrêtée par les événements politiques.

plaires, mérite une confiance à peu près ab-
solue.

Notre publication est la reproduction fidèle
d'un manuscrit entièrement *autographe*, et, ce
qui en augmente le prix, elle contient les annotations personnelles de La Grange-Chancel.

Ce précieux manuscrit, qui a appartenu à
M. Chevalier de Cablanc, ami du poëte, nous a été
généreusement donné par un savant archéolo-
gue qui a rendu des services à l'histoire du Périgord, M. l'abbé Audierne, inspecteur des mo-
numents historiques de la Dordogne. Nous l'en
remercions ici publiquement.

C'est grâce à lui que nous pouvons donner
cette édition *authentique* et *définitive* : par son
importance, elle contribuera à populariser un
poëme qui n'est pas seulement une pièce cu-
rieuse de notre histoire, mais encore un véritable chef-d'œuvre de lyrisme.

Les *Philippiques* ne sont pas un de ces pam-
phlets vulgaires, comme on en a vu de nos jours,
où s'exhale la haine aveugle et impuissante d'un

parti, mais bien l'immense écho de la voix et des sentiments de tout un peuple. La Grange-Chancel, en effet, ne s'abandonne pas uniquement à un ressentiment personnel, c'est la nation entière qu'il venge des iniquités, des infamies, en un mot, des saturnales de la Régence. C'est là son caractère original et son plus beau titre de gloire.

Avant d'apprécier cette satire au point de vue politique, moral et littéraire, nous raconterons brièvement la vie de l'auteur, d'après nos découvertes récentes (1), en insistant sur les circonstances au milieu desquelles parurent les *Philippiques*.

François-Joseph de Chancel, seigneur de La Grange, d'Antoniac, etc., naquit à Périgueux, le 1er janvier 1677, d'une famille d'ancienne no-

---

(1) Notre intention est de donner incessamment au public, d'après des documents inédits et autographes, une étude historique et littéraire sur *La Grange-Chancel, sa vie, ses œuvres et son temps*, ouvrage auquel nous avons consacré de longues et laborieuses recherches. Elle sera comme le complément indispensable des *Philippiques* que nous publions aujourd'hui.   A. D.

blesse. Après de brillantes études, où se révéla la précocité étonnante de son génie poétique, le jeune gentilhomme fut amené à Paris par sa mère Anne de Bertin. Il entra d'abord comme page chez la princesse de Conti, qui l'accueillit dès ses débuts, et dont la protection éclairée ne devait lui faire jamais défaut. En 1701, il était maître-d'hôtel ordinaire de Madame, mère de Philippe d'Orléans. Dans cet intervalle où la scène tragique était vide, le succès éclatant d'*Oreste et Pilade*, d'*Athénaïs*, d'*Amasis*, annonça en lui un brillant élève de Racine et un digne héritier de Corneille.

Il se trouva ainsi mêlé à tout ce qu'il y avait de puissant à cette époque. Mais on ne tarde pas à s'apercevoir des dangers d'une familiarité trop intime avec les Grands. La funeste liaison de La Grange avec le duc de La Force en est un exemple.

Devenu l'ami et le commensal du duc et pair, son compatriote, il eut bientôt à essuyer, de la part de ce grand seigneur, aussi déloyal que ra-

pace, les plus indignes procédés et les plus san-
glants affronts.

Une tragédie volée fut le premier coup porté
à leurs rapports. Le duc de La Force avait prié
le poëte de lui laisser entre les mains sa tou-
chante pièce d'*Ino et Mélicerte*, qu'il venait à
peine d'achever ; il ne craignit pas de la faire
représenter sous son propre nom, et il ne fallut
pas moins que les réclamations énergiques de
l'auteur frustré pour recouvrer la propriété de
son œuvre. L'événement suivant détermina entre eux une rupture complète.

La Grange était, en 1717, commis de M. de La
Force, vice-président du conseil des finances, et
Roy, son premier secrétaire. Les deux poëtes,
amis dès le début, firent jouer au mois d'avril
un opéra en collaboration, *Ariane et Thésée*. Roy
était un esprit envieux et méchant : il dirigea
contre son confrère des calomnies qui atta-
quaient l'honneur de la Duchesse ; La Grange se
vit sacrifié par la jalousie aveugle du mari.

Aussitôt il poursuit des réparations en justice ;

mais le Duc, pour éviter le jugement du Châte-
let sur cette affaire, obtient de la complaisance
trop facile du Régent une lettre de cachet qui
exile le poëte en Périgord.

Il ne faut pas s'étonner outre mesure du parti
rigoureux que le duc d'Orléans consentit à prendre contre La Grange. Celui-ci, en effet, s'était
fait remarquer par la causticité de son esprit et
la libre allure de son caractère dans les cafés
semi-politiques de la rue Dauphine, où se réunis-
saient les gens de lettres ; d'un autre côté, on
n'ignorait pas ses fréquentes visites chez l'am-
bitieuse duchesse du Maine, où se tenait le
parti de l'ancienne Cour.

Il ne quitta point Paris sans désir de vengeance. Du fond de sa retraite d'Antoniac, à une
lieue et demie de Périgueux, l'exilé continue
ses relations avec la cour de Sceaux ; il ne prend
aucune peine de cacher ses sympathies : il choi-
sit le comte d'Eu, fils de la Duchesse, pour pro-
tecteur de l'Académie littéraire qu'il a instituée à
Périgueux, et même ses plaintes imprudentes sur

la disgràce des princes légitimés, dépouillés par lit de justice du mois d'août 1718, éveillent à son égard les soupçons du maréchal de Berwick, gouverneur de Guyenne.

Cependant, le poëte ulcéré préparait dans le silence son immortelle vengeance. Au mois de décembre, du manoir d'Antoniac partent, comme des flèches inévitables, les trois premières odes philippiques. La cour de Sceaux s'empare de cette satire anonyme comme d'une arme toute prête dans sa guerre contre le Régent. Mais, cette première divulgation, qui ne s'adresse encore qu'aux salons, est presque étouffée à sa naissance par la police de d'Argenson. Survient l'arrestation de la famille du Maine, impliquée dans la conspiration de Cellamare. La Grange, qui a perdu ses protecteurs et sur lequel les soupçons commencent à planer au sujet des *Philippiques*, doit désormais songer à sa sûreté. Son mauvais génie, le duc de La Force, qui n'était pas épargné dans ces odes, le poursuit encore dans cette circonstance.

Le samedi 17 février 1719, un détachement de dragons, envoyé par le maréchal de Berwick, envahit son château. Il parvient à s'échapper, et le 2 mars, il arrivait à Avignon. Instruit que la ville pontificale ne saurait plus lui offrir qu'un asile équivoque, il forme le projet de se rendre à Gênes, où l'ambassadeur espagnol lui faciliterait, pensait-il, son passage sur la péninsule. Trahi par un aventurier auquel il s'était confié, il est arrêté à son arrivée à Arles par des gens apostés, et conduit sous bonne escorte au château de Tarascon, et de là aux îles Sainte-Marguerite.

C'est pendant sa détention, en pleine année 1720, à ce moment où la Régence traversait une crise épouvantable, que les *Philippiques*, arrêtées à leur essor, se répandent dans la France entière et dans l'Europe avec une profusion extraordinaire et par mille moyens déguisés. Le nom de l'auteur captif est universellement connu et acclamé, ses vers courent de bouche en bouche et deviennent sur les lèvres du peuple frémissant, l'expression longtemps contenue et sublime de ses douleurs et de sa haine.

Après une captivité de 3 ans, La Grange réussit à s'évader le 26 mars 1722, et vient aborder au port de Villefranche. Les marques nombreuses de déférence que lui donne le roi de Sardaigne ne peuvent le retenir : il s'embarque à Gênes pour l'Espagne, comptant y trouver une réception bienveillante et même un emploi militaire, vu la mésintelligence qui régnait entre les Tuileries et l'Escurial.

Mais, par malheur pour lui, la paix générale fut bientôt signée, et sur la demande formelle du Régent, le gouvernement royal se vit dans la nécessité de lui intimer l'ordre d'avoir à quitter la monarchie. Alors, le poëte indigné lance sa 4e Philippique contre cette fausse patrie et contre ses éternels persécuteurs : mais une espérance vient consoler sa Muse. Le jeune roi est couronné, la France n'a plus maintenant rien à redouter de l'ambition du Régent, et l'heure de l'expiation est proche.

A la fin d'octobre, il s'embarque à Bilbao sur un vaisseau hollandais, qui le conduit à Amsterdam. Cette fois, comme c'était sa plus chère pensée, il touchait à une terre libre.

Les ambassadeurs français avaient partout réclamé contre la tolérance qu'on exerçait en faveur du proscrit : pour se soustraire à ces réclamations, il s'adressa aux Etats-Généraux, qui le firent recevoir bourgeois d'Amsterdam. Désormais, il ne relevait plus que de son pays d'adoption.

Il se vit entouré de témoignages de sympathie au milieu de cette nation aux mœurs libres et patriarcales. Sa belle tragédie d'*Amasis* est traduite et représentée avec un grand succès ; on grave son portrait, on réimprime ses trois premières *Philippiques* : tels sont les gages d'admiration qu'il reçoit d'un peuple aussi respectueux envers le malheur qu'envers le génie.

La nouvelle de la mort de son plus puissant ennemi, le duc d'Orléans, vient le surprendre dans l'enivrement de ces triomphes (décembre 1723).

Le poëte salue cet événement heureux pour lui
par un dernier cri de vengeance : la 5ᵉ Philippique. C'est un tableau d'une poésie sinistre, qui
devait faire un jour ses remords. On peut le sup-
poser du moins d'après quelques vers de son
admirable ode à la princesse de Conti, qui ter-
mine notre manuscrit, et se trouve reproduite
dans le tome cinquième de ses *Œuvres*. Il fait
descendre le Régent aux enfers et défiler devant
lui une lugubre sarabande, où trouvent naturel-
lement leur place, avec la duchesse de Berry,
tous les familiers et suppôts du prince, le lieu-
tenant de police d'Argenson, le cardinal Dubois,
le jésuite Daubenton, confesseur du roi d'Espagne, mêlés à ces grandes figures mythologiques,
qui s'agitent dans le pays des ombres.

La Grange avait fixé en dernier lieu sa rési-
dence à la Haye. Comme la mort du Régent pouvait lui faire espérer son retour en France, il
songea à se rendre utile à sa patrie. Grâce à ses
relations avec les divers diplomates étrangers,
il put transmettre au gouvernement français des

éclaircissements de la plus grande conséquence.
Le duc de Bourbon, alors premier ministre, en
considération de ces services, le rappela au mois
de mars 1725. Après un nouveau séjour de deux
ans en Hollande, où il fut chargé d'une commis-
sion secrète, il vint s'établir définitivement dans
son domaine d'Antoniac. C'est là que le doyen
des poëtes français termina à l'âge de 81 ans,
le 29 décembre 1758, une vie tourmentée presque
jusqu'au dernier jour, et dont le sentiment re-
ligieux avait adouci le déclin.

La Grange-Chancel était un caractère. — Ame
indépendante et peut-être trop fière, il ne sut jamais enchaîner son existence à celle des Grands,
dont il n'avait que trop appris à connaître la
bassesse et l'orgueil; d'une ténacité indomptable,
il n'avait pas moins de courage pour résister
aux excès de l'arbitraire qu'aux caresses inté-
ressées. Durant son exil, au milieu de mille dangers, que la tempête siffle sur sa tête quand sur
une barque de pêcheur, il s'éloigne du fort
Sainte-Marguerite, ou que le poignard des assas-

sins l'attende au coin de chaque rue à Madrid ;
— dans son dernier séjour en Périgord, que certaines clameurs réprobatrices s'élèvent encore
contre le satirique, ou que de nouvelles persécu-
tions menacent son repos et sa fortune, il est
toujours le même, il reste fidèle à sa vaillante
devise : *Chancel ne chancelle mie !*

A l'énergie d'un caractère que tempérait du
reste une rare sensibilité du cœur, répondait
chez La Grange la vigueur du talent. Ses dra-
mes, comme ses strophes lyriques, portent l'em-
preinte d'une âme forte et passionnée. Son
génie était ardent, son imagination luxuriante,
sa mémoire prodigieuse, son style vif et étin-
celant. A ces qualités se joignait un esprit d'une
causticité pénétrante, d'une humeur gaie et
frondeuse. C'était, on peut le dire, l'esprit gau-
lois dans toute sa fleur. La Grange ouvre bril-
lamment cette galerie unique d'hommes d'esprit
que présente le XVIIIe siècle.

Les *Philippiques* peignent l'homme tout entier.
Ces odes ont plus qu'une valeur littéraire :

c'est l'œuvre d'un bon citoyen. Jamais satire ne fut plus légitime et n'eut un pareil triomphe. En effet, qu'on se représente le tableau de la Régence à l'apparition de ce pamphlet : La France abaissée devant les Anglais et mutilant ses forteresses pour leur complaire, les scandaleuses dilapidations de nos finances, enfin les orgies incroyables du Palais-Royal et du Luxembourg, les débauches effrénées du Régent et de sa fille de Berry, « ce démon de la luxure et de l'ivresse. » Il n'y avait qu'un cri dans tout le pays pour réprouver un gouvernement aussi déshonorant. Quand il élevait sa voix accusatrice devant ces infamies, La Grange ne se faisait-il pas l'interprète inspiré de la nation, et ce que lui seul avait le courage de proclamer, chacun ne le murmurait-il point tout bas ? Il ne faut donc pas s'étonner aujourd'hui du succès immense de ces vers brûlants : ils exprimaient avec l'éloquence d'une juste indignation, la pensé de tous.

En devenant l'écho du peuple, La Grange ne

pouvait que reproduire indistinctement toutes
les rumeurs qui circulent dans la foule aux
temps d'effervescence générale. Aussi dans les
Philippiques, à côté d'accusations trop justifiées,
peut-on relever de douloureuses imputations,
qu'il n'appartient de vérifier qu'à l'équitable
postérité.

Mais, s'il y a dans ces vers des attaques injustes, ce qui était légitime, c'était, comme le voulait ce nouveau Juvénal, flétrir dans un prince
et dans son entourage tout un système de gouvernement et toute une époque de corruption.

Ce n'est pas à dire que La Grange fût l'ennemi
du principe monarchique. Nous lisons, il est
vrai, dans ce *Prologue* d'opéra, qui devait être
un témoignage de sa reconnaissance envers
l'hospitalière cité d'Amsterdam, ces vers dans
la bouche de la Liberté, qui en est le principal
personnage :

> J'ai fixé mon séjour sur ces heureux rivages,
> Où par la douceur de mes lois,
> Au mérite éclatant j'offre les avantages
> Qu'il ne trouve point chez les rois.

Mais, c'est à ses yeux un honneur insigne d'a-
voir combattu, au péril de sa liberté et même de
sa vie, le prince qu'il regardait comme un usurpateur; et son zèle généreux se fait illusion au
point de penser que ses vers ont peut-être pré-
servé les jours de l'enfant royal contre l'ambition criminelle du Régent. Aussi a-t-il cette fierté
bien excusable de mettre au bas de son portrait
et de notre manuscrit la mention du service
signalé qu'il croit avoir rendu à la royauté
légitime :

> Ma plume à combattre les crimes,
> A témoigné si peu d'effroi,
> Que peut-être mon jeune roi
> Ne doit-il le jour qu'à mes rimes.

Ce quatrain exprime un des plus nobles sentiments qui aient dicté les *Philippiques*, et nous
avons voulu appeler l'attention des lecteurs sur
un côté honorable de l'œuvre, en le prenant
comme épigraphe de notre édition.

Au point de vue littéraire, les *Philippiques*
sont une des plus belles productions du génie
poétique en France. L'harmonie métallique de

ces vers, le souffle croissant qui les anime en
font une œuvre durable. Jamais la satire politique ne s'était élevée aussi haut, jamais Némésis
vengeresse ne proféra plus terrible langage.

C'est pour nous une satisfaction, en donnant
une édition définitive des *Philippiques* de La
Grange-Chancel, d'avoir pu restituer à notre illustre compatriote sa véritable place au nombre
des lyriques français. Nous ne sommes pas
moins heureux d'avoir rétabli le caractère moral
de son œuvre et d'avoir rendu à son courageux
patriotisme un hommage mérité. Il appartenait
à notre époque de mettre enfin à son rang la
figure si originale du poëte et du citoyen ; et
nous croirons atteindre entièrement ce but,
quand nous pourrons faire suivre cette édition
des *Philippiques* de l'étude complète que nous
avons annoncée sur l'homme et sur l'écrivain.

2

« Ma plume a combattre les crimes
« A temoigné si peu d'effroi
« Que peut etre mon jeune Roi
« Ne doit il le jour qu'a mes rimes. »

« Quatrain mis au bas de la representation
« de l'auteur gravéé a Amsterdam. »

LES

PHILIPPIQUES

ODE I

Vous dont l'eloquence rapide (1),
Contre deux Tirans inhumains,
Eut jadis l'audace intrepide
D'armer les Grecs et les Romains,
Contre un prince encor plus farouche
Versès votre fiel dans ma bouche.
Je brule de suivre vos pas.
Et je vais tenter cet ouvrage
Plus charmé de votre courage
Qu'effrayé de votre trepas.

(1) « Demosthenes et Ciceron, auteurs des *Philippiques*. » *

* Les notes placées entre des guillemets sont de La Grange-Chancel lui-
mème.

A peine il ouvrit ses paupieres,
Que tel qu'il se montre aujourdhui,
Il fut indigné des barieres
Qu'il vit entre le trone et lui.
Dans ces detestables idéës,
De l'art des Circés, des Medéës,
Il fit ses uniques plaisirs (1).
Il crut cette voië infernale
Digne de remplir l'intervale
Qui s'oposoit a ses desirs.

Contre ses villes mutinéës
Un Roi l'apelle a son secours (2).
Il lui commet les destinéës
De son Empire et de ses jours.
Mais, prince aveugle et sans allarmes,
Voi qu'il ne prend en main tes armes,
Que pour devenir ton Tiran :
Et pour imiter la furië
Par qui jadis ton Iberië
Subit le joug de l'Alcoran (3).

(1) « Le regent s'etoit fort adonné a l'étude de la chimie. Les decouvertes qu'il y fit ont fait tort a sa reputation. »

(2) « Il entreprit de detroner Philipe V, dont il commandoit les méës ».

(3) « Le comte Julien attira les maures d'Afrique en Espagne. »

Que de divorces, que d'incestes
Seront les fruits de ses complots (1) !
Verons nous les flambeaux celestes
Reculer encor sous les flots ?
Peuple, arme toi : defans ton maitre.
C'est peu que la main de ce traitre
Cherche a lui ravir ses Etats ;
Le lit meme de ton Philipe
Doit voir de Thieste et d'Œdipe
Renouveller les attentats.

Mais ses trames sont decouvertes (2).
Quels climats lui seront ouverts ?
Quelles iles asses desertes
Le cacheront a l'univers ?
Sa patrie, indulgente mere,
Ouvre son sein a ce vipere
Avide de le dechirer.
S'il perd l'espoir d'une couronne,
Ce malheur n'a rien qui l'etonne,
Il a de quoi le reparer.

(1) Le Régent voulait, disait-on, faire casser son mariage pour épouser la reine douairière d'Espagne.

(2) « La princesse des Ursins decouvrit la conspiration du regent. »

Nocher des ondes infernales,
Prepare toi, sans t'effrayer,
A passer les Ombres royales
Que Philipe va t'envoyer. (1,
O disgraces toujours recentes !
O pertes toujours renaissantes !
Eternels sujets de sanglots !
Tels que sur la plaine liquide,
D'un cours egalement rapide,
Les flots sont suivis par les flots.

Ainsi les fils pleurans le pere
Tombent frappés des memes coups. (2)
Le frere est suivi par le frere.
L'Epouse devance l'Epoux. (3)
Mais o coups toujours plus funestes !
Sur deux lys nos uniques restes,
La faux de la parque s'etend.
L'un subit le sort de sa race. (4)
L'autre dont la couleur s'efface (5)
Panche vers son dernier instant.

(1) « Le regent fut acusé d'avoir eu part a toutes ces morts. »
(2) Le duc de Berry et le duc de Bourgogne ne survécurent pas
ongtemps au Dauphin, leur père.
(3) La duchesse de Bourgogne mourut quelques jours avant son
mari.
(4) Mort du duc de Bretagne.
(5) Le duc d'Anjou, depuis Louis XV, d'une santé fort délicate.

O Roi depuis si longtems ivre
D'encens et de prosperité !
Tu ne te veras plus revivre
Dans ta triple postérité.
Tu sçais d'ou part ce coup sinistre.
Tu tiens son principal ministre
Monstre vomi par les Enfers. (1)
Son deguisement sacrilege
N'usurpe point le privilege
De le garantir de tes fers.

Vange ton trone et ta famille.
Arme toi d'un juste couroux.
Prens moins garde aux pleurs de ta fille (2)
Qu'aux attentats de son epoux.
Ta pitié seroit ta ruïne.
Sois sourd aux cris d'une Heroïne (3)
Digne d'un fils moins detesté.
Qu'il expire avec son complice.
Tu sauveras par son suplice
Le peu de sang qui t'est resté.

---

(1) « Le prince de Chalais fut envoyé par la princesse des Ursins a la poursuitte d'un homme deguisé en cordelier, soupçonné d'avoir voulu empoisoner le roi d'Espagne. Il fut areté en Bretagne et conduit à la bastille. »
(2) Marie-Françoise, épouse du Régent, fille de Louis XIV.
(3) Madame, duchesse d'Orléans.

Mais par le juge que tu nommes (1)
Que penses tu developer ?
C'est le plus noir de tous les hommes.
Il ne cherche qu'a te tromper.
Sur le silence et l'imposture,
Elevant sa grandeur future,
Il se menage un sûr apui.
Sur cet evenement tragique,
Consulte la clameur publique.
Elle est plus sincere que lui.

Voi comme le rang du coupable
N'imprime plus aucun respect :
Comme ta cour inconsolable
Fremit d'horreur a son aspect.
Son ame tremblante et confuse
Craint deja qu'on ne lui refuse
L'usage des feux et des eaux :
Et que les fieres Eumenides
N'arment contre ses paricides
Leurs couleuvres et leurs flambeaux.

(1) « M. d'Argenson fut chargé par Louis XIV d'interoger le
prisonier. »

Enfin le jour fatal arive,
Tel qu'Albion l'avoit predit. (1)
Louis va sur la sombre rive.
Son Ennemi s'en aplaudit.
Et prenant les mœurs de Bizance,
Comme s'il avoit pris naissance
Des Selims, ou des Bajazets,
Il court par l'effroi qu'il inspire,
Avec les rènes de l'Empire,
Saisir le prix de ses forfaits.

Le Tiran le plus sanguinaire
Montre dabord quelques vertus.
Tels furent Neron et Tibere.
Tel fut le frere de Titus.
Le bruit du passé se dissipe.
Deja l'on transporte a Philipe
Tous les noms donnés a Trajan.
Il suit les antiques exemples
Des Rois qui defandoient nos temples
Des attentats du Vatican. (2)

(1) « Il y avoit de grands paris en Angleterre sur la mort du roi. »
(2) « Il se declara dabord contre les Jesuittes et contre la constitution. »

Et toi, cabale insociable (1)
Sous le nom de société,
De ton pouvoir insatiable
Voi detruire l'impiëté.
Voi sortir de tes mains prophanes,
De l'exil ou tu les condamnes, (2)
Et des fers ou tu les retiens,
Ces grands cœurs, ces esprits sublimes,
Qui n'ont jamais eu d'autres crimes
Que d'avoir combattu les tiens.

La pourpre a tous tes traits en butte
Trouve aujourdhui sa sureté. (3)
La foi que releve ta chute
Va reprendre sa pureté.
Au Caton que tu veux proscrire
Des loix soutiens de cet Empire
Le sacré depot est remis. (4)
Tremble. Crain la main equitable
Qui joint le glaive redoutable
A la balance de Themis.

(1) Les Jésuites.
(2) « Il rapella tous les exilés. »
(3)) « Il protege le cardinal de Noailles oposé au parti des jesuittes. »
(4) « Le chancelier Voisin étant mort, il donne sa place à M^r d'Aguessau que les jesuittes avoient voulu perdre. Ce choix fut generalement aprouvé. »

Acheve d'etre notre Maitre,
Prince digne du nom de Roi.
Les vertus que tu fais paroitre
Ramenent tous les cœurs a toi.
Auguste en suivant ces maximes,
Sur ce qu'il obtint par ses crimes,
S'aquit d'inviolables droits.
Les usurpateurs des provinces
En devienent les justes princes,
Quand ils donnent de justes loix.

Ma voix le frappe. Il persevere.
Tous ses instans sont glorieux.
Je vois purger le ministere
D'un trium-virat furieux. (1)
Nos armes longtems negligéës,
Nos finances mal dirigéës
Passent en de plus dignes mains.
Et le Ciclope impitoyable (2)
N'a plus le pouvoir efroyable
Dont il acabloit les humains.

---

(1) « Il avoit oté a Mr Voisin avant sa mort le ministere de la
guerre, les finances a Mr Desmarets et la marine a Mr de Pontchartrain, qui etoient les trois principales creatures du feu roi et
de madame de Maintenon. »
(2) M. de Pontchartrain, qui était borgne.

Vous dont les palais magnifiques
Se sont formés de nos debris,
Auteurs des miseres publiques,
Monstres de notre sang nouris,
Tels qu'on vit ces fils de la terre,
Dans un champ semé pour la guerre,
Detruits aussitôt qu'enfantés,
Themis s'arme pour vous poursuivre: (1)
Rentrès, troupe indigne de vivre,
Dans le neant dont vous sortés.

Et Toi leur agent detestable, (2)
Receleur de tous leurs larcins,
Dont la police epouvantable
Viola les droits les plus saints,
Regarde les honteux suplices
Ou Themis livre tes complices.
Crains pour toi les memes horreurs.
Paris devenu ta partië
Attend cette derniere hostië
Comme la fin de ses malheurs.

---

(1) « Creation de la chambre de justice contre les partisans, »
les traitants.

(2) « M. d'Argenson fut vigoureusement poursuivi par la chambre de justice. On condamna plusieurs de ses creatures a des peines diffamantes. Il n'y avoit persone dans Paris qui ne se declara contre lui. »

Mais sa fureur a beau paroitre.
Certain d'en braver les effets,
Tu fus trop utile à ton Maitre
Dans l'examen de ses forfaits.
Il est a present ton refuge. (1)
Il fait plus : il te rend le juge
De quiconque a cru te juger.
Le bras armé de son tonnerre,
Fai conoitre a toute la terre
Qu'il n'est pas sûr de t'outrager.

Attaque dabord ce grand homme
Que Philipe craint encor plus
Qu'autrefois le Tiran de Rome
Ne craignit Seneque ou Burrhus.
Haste sa chute et sa disgrace,
Le tiran te garde sa place. (2)
Elle convient mieux à tes mœurs.
Avec ce prix de tes services,
Tu sauras mieux flatter ses vices,
Tu serviras mieux ses fureurs.

(1) « Le regent tira M. d'Argenson de ce mauvais pas. »
(2) « Le regent ote les sceaux a M. le chancelier et les donne a
M. d'Argenson. »

Royal Enfant, jeune Monarque,
Ce coup a reglé ton Destin.
Par lui l'inevitable parque
Ne lachera plus son butin.
Tant qu'on te vera sans defanse,
Dans une asses paisible enfance,
On laissera couler tes jours.
Mais quand, par le secours de l'age,
Tes yeux s'ouvriront davantage,
On les fermera pour toujours.

Enfin le torrent en furië
Rompt la digue qui le retient.
A sa premiere barbarië
Le Tigre aprivoisé revient.
Quel cahos ! quels affreux mélanges !
A des maux toujours plus étranges
Faut-il encor nous apreter ?
Themis s'envole vers Astréë.
Cette detestable contréë
N'est plus digne de l'areter.

Quel nouveau spectacle s'aprete
D'augmenter notre etonnement ?
Quelle Hidre esclave d'une tete
S'empare du gouvernement ? (1)

(1) « L'etablissement des conseils. »

Tout commence : rien ne s'acheve.
Chaque sentiment qui s'eleve
Trouve un sentiment opposé.
Il n'est point de fils secourables
Contre les detours innombrables
Dont ce Dédale est composé.

Ou va ce nombre fanatique (1)
De qui l'orgueil s'est emparé ?
Pourquoi, contre l'usage antique,
Veut-il faire un corps separé ?
Fiers de titres imaginaires,
Ces grands cœurs, au rang de leurs peres
Dédaignent de se voir reduits :
Et comme ces fleuves superbes,
Ils meconoissent sous les herbes
La source qui les a produits.

Ombres dont par toute la terre
On connoit les illustres noms,
Polignac, Beaufremont, Tonnerre,
Et vous manes des Chatillons,
Je vous vois sur le noir rivage,
Fremir de l'indigne esclavage

(1) « Les ducs demandent de faire corps a part et d'etre separés de la noblesse. »

Ou vos neveux sont retenus,
Pour des noms egaux a tant d'autres,
Des noms obscurcis par les votres,
Ou qui ne vous sont pas connus. (1)

Contre vous, filles de Memoire,
Le Tiran n'est pas moins aigri.
Des traits d'une fidelle histoire
Il voudroit se mettre a l'abri.
Surtout ennemi de la scene,
Que par une rivale obscene (2)
Il a cru pouvoir avilir,
Il craint que vos jeux Dramatiques
N'étalent sous des noms antiques
Ce qu'il voudroit ensevelir. (3)

(1) « Les principaux de la noblesse au nombre de 39 presentent une requete au regent contre les ducs.

« Plusieurs de ces seigneurs furent envoyés à la bastille. »

(2) « Il retablit la comedie italiene que le feu roi avoit supriméë à cause de ses obscenités. »

(3) L'*OEdipe* de Voltaire donna lieu à de tristes applications pour le Régent.

De cette crainte imaginaire
Arouët ressent les effets. (1)
On punit les vers qu'il peut faire
Plutôt que les vers qu'il a faits.
C'est sur des allarmes pareilles
Que l'imitateur des Corneilles
Gemit au fond du Perigord : (2)
Et quoiqu'atteint de mille crimes,
Celui dont on craint peu les rimes (3)
Ne craindra point le meme sort.

Cependant l'Etat se renverse.
Tous nos thresors sont engloutis.
Ce mal destructeur du commerce
Rend tous les Arts anéantis.
Des traittés honteux s'executent. (4)
Un Roi que les siens persecutent

---

(1) « Arouët, connu depuis sous le nom de Voltaire, fut envoyé à la bastille pour quelques epigrames qu'il avoit faittes contre le regent. »

(2) La Grange-Chancel était alors exilé en Périgord.

(3) « Le poete Roi difamé pour ses mauvaises actions et meprisé pour ses mechantes poësies. »

(4) « On fait un traitté avec le roi d'Angleterre, par lequel le regent s'oblige de lui donner dix millions, de chasser de France le pretendant et dé demolir le fort Mardik. »

Nous eprouve encor plus cruëls.
Mais dans un tems comme le notre,
Les usurpateurs l'un a l'autre
Se doivent des soins mutuëls.

Tandis qu'on brize les barieres
Que nous achevions d'elever,
Qu'on ouvre de vastes carieres
A ceux qui voudront nous braver,
 On passe ce tems en delices.
Chacun se pare de ses vices,
Comme d'un trophéë eclattant :
Et l'exil, les fers , et les genes
Sont toujours les suittes certaines
Des moindres plaintes qu'on entend.

Infames Heliogabales,
Votre tems revient parmi nous.
Voluptueux Sardanapales,
Philipe va plus loin que vous.
Vos exces n'ont rien qui le tente.
Son ame seroit peu contente
De les avoir tous reünis ;
S'il n'effaçoit votre memoire,
En faisant revivre l'histoire
De la naissance d'Adonis.

Toi qui joins au nœud qui vous lië
Des nœuds dont tu n'as point d'effroi , (1)
Ni Messaline, ni Julië
Ne sont plus rien auprés de toi.
De ton pere amante et rivale,
Avec une fureur egale,
Tu poursuis les memes plaisirs :
Et toujours plus insatiable,
Quand leur nombre meme t'acable,
Il n'assouvit point tes desirs.

Fille du plus grand Roi du monde, (2)
Qui loin de marcher sur leurs pas,
Dans une retraitte profonde,
Ensevelisses vos apas,
Seule exemte de nos intrigues,
Parmi nos plaisirs et nos brigues
Les votres ne sont point cités.
On ne vous voit que dans nos temples,
Ou vous nous donnés des exemples
Qui ne seront point imités.

(1) La duchesse de Berry, fille du Régent.

(2) « Madame la princesse de Conti dont l'auteur avoit cté page. »

Vous, dont par un arret injuste
Le grand cœur n'est point abattu, (1)
Princes, qui d'une race auguste
Emportés toute la vertu,
Tout le reste la deshonore ;
La France contre eux vous implore.
Par ses cris laissés vous gagner :
Et forcés sa reconoissance
D'ajouter a votre naissance
Ce qui lui manque pour regner.

(1) Le duc et la duchesse du Maine.

ODE II

Je vais rentrer dans la cariere.
Silence, lire d'Apollon.
C'est a toi, trompette guerriere,
D'animer le sacré valon.
C'est a vous, belliqueuses féës
D'inspirer a tous nos Orphéës
Des chants males et penetrans,
Dignes de verser dans nos ames
Cet esprit d'intrigues, de trames
Qui font la chute des Tirans.

Toi qui par la pourpre romaine
Brillas moins que par tes vertus, (1)
Retz, dont l'audace plus qu'humaine
Relevoit les cœurs abattus,
Sur ton troupeau qui te reclame,
Sur un senat dont tu fus l'ame
Daigne encore jetter les yeux.
Tens leur d'enhaut un bras propice
Qui les sauve du precipice
Dont tu garantis leurs ayeux.

(1) « Le cardinal de Retz dont les memoires parurent au commencement de la regence. »

Sacrilege faim des richesses,
Osés vous inventer des loix
Pour donner trois fois aux especes
Un prix au dessus de leur poids? (1)
Toi qui fus longtems gemissante
Sous l'autorité ravissante
Des Vespasiens, des Galbas,
Vis tu dans ces princes avares
Ni des rapines si barbares,
Ni des artifices si bas ?

Mortels qui tenés la balance
Entre le prince et les sujets,
Pouvés vous garder un silence
Qui favorise ces projets ?
Craignés vous par des voix soumises,
Par des remontrances permises,
D'armer les griffes du Lion,
Et de voir la force et la fraude
Joindre les cruautés d'Herode
Aux vices de Pigmalion ?

(1) « Le commencement de l'augmentation des especes. »
Un édit de mai 1718 porta le prix de la pièce d'or de 24 livres
à 72.

Mais non, leur voix est entenduë
De l'inflexible Leopard.
De sa retraitte deffanduë
Ils percent le dernier rempart.
Quelles reponses! quels blasphemes! (1)
Des Mezences, des Poliphemes
La bouche a vomi moins d'horreurs.
Jamais Ajax bravant la foudre,
De celle qui le mit en poudre
N'a tant mérité les fureurs.

Tremble, Paris, tu vas aprendre
A quel maitre tu t'es donné.
De la vangeance qu'il va prendre
Tu seras longtems etonné.
Reduitte a souffrir sans se plaindre,
Rome n'eut jamais tant a craindre
Des fureurs de Caligula.
Jamais tant de tetes proscrittes
Ne lasserent les satellites
De Marius et de Silla.

---

(1) « Le parlement mal reçu du regent et bafoué par les petits
maitres. »

Quels nouveaux bataillons accourent
Sur nos rivages pleins d'effroi ?
D'ou vient que tant d'armes entourent
Ce sacré sejour de mon Roi ?
L'Etranger est il a nos portes ?
Par de fanatiques cohortes
Nos temples sont ils menacés ?
Et l'Etat voisin de sa chute
Craint il de se revoir en butte
Aux horreurs des siecles passés ?

Quel est cet apareil sinistre
Dont le jour decouvre l'horreur ? (1)
Sur qui Philipe et son Ministre
Vont ils deployer leur fureur ?
J'y vois un innocent Monarque,
Conduit par la main de la parque,
Comme une victime a l'autel,
Par ses regards et son silence,
Autoriser la violence
Qui le condamne au coup mortel.

(1) « On dressa pendant la nuit un lit de justice dans le palais
des Thuilleries. »

Pour entendre les loix injustes
Que vont dicter ses Ennemis,
Je vois deux colomnes augustes
Sortir du Temple de Themis.
Dans leur marche majestueüse
Une douleur respectueüse
Regne sur leurs fronts genereux :
Et le zele qui les inspire
Leur fait craindre pour cet Empire
Ce qu'ils ne craignent pas pour eux.

Tels s'avancerent vers un Homme,
Que moins de colere emporta,
Les graves pontifes de Rome
Et les pretresses de Vesta.
Tels dans leurs murs reduits en cendre,
A ceux dont on nous fait decendre
S'offrirent jadis ces grands cœurs,
Ces vieux confreres de Camille
Qui par leur port noble et tranquille
Epouvanterent leurs vainqueurs.

Digne chef d'un corps plus illustre,
En quel etat je t'aperçois ! (1)

(1) « Pendant tout le tems que le premier president (*M. de Mes-mes*) parla, on le laissa a genoux devant M. d'Argenson, ennemi du parlement. »

Ta gloire tire un nouveau lustre
Des. outrages que tu reçois :
En vain aux pieds de son atlète,
Par qui sa vangeance est complette,
Le Tiran te laisse abattu ;
Les blasphemes dont il t'acable,
Dictés par sa haine implacable
Font l'eloge de ta vertu.

Mais toi qu'un arret plus indigne (1)
Perce encor de traits plus aigus,
Prince qui d'un thresor insigne
Etois l'infatigable Argus,
C'est peu qu'une injuste puissance
Avec les droits de ta naissance
Ait le front de te l'enlever ;
Dans le coup fatal qui t'oprime,
Nous voyons le genre de crime
Qu'elle est sur le point d'achever.

(1) « On ote au duc du Maine la surintendance de l'education
du roi, aussi bien que les honneurs de prince du sang ; on le
reduit au rang de sa pairië. »

Ainsi ta vigilence exacte,
Tes vertus, tes soins infinis,
Ont produit ce malheureux pacte
Entre deux Ciclopes unis. (1)
Ta tendresse, au gré d'un barbare,
Fut trop soigneusement avare
Du sang dont on veut se rougir.
B****** plus dur et moins austere (2)
Pretera mieux son ministere
Au Maitre qui le fait agir.

Monstres d'Argos et de Micene
Ne vantès plus vos attentats !
Celui que medite la Seine
Passe tous ceux de l'Eurotas.
Toi qui pour ta famille entiere
N'as fait qu'un vaste cimetiere
De tes neges, de tes glaçons,
Ton fils que ta fureur immole
Nous fait reconoitre l'ecole,
Ou tu vins prendre ces leçons. (3)

(1) Le duc d'Orléans et le duc de Bourbon. Le premier avait la
vue très-affaiblie par suite de ses débauches, et le second avait
eu un œil crevé, en 1711, d'un coup de fusil qu'il reçut à la chasse.
   (2) « Le regent donne au duc de Bourbon la charge de l'education du roi qu'il avoit donnéë au duc du Maine. »
   (3) « Le czar obtint du regent la permission de venir a Paris. A
son retour en Russië il fit mourir son fils unique. »

O si Louis, des noirs rivages,
Pouvoit revenir dans sa cour,
Que penseroit-il des ravages
Qui la desolent chaque jour ?
Mais de quelques objets terribles,
De quelques changemens horribles,
Qu'elle epouvantat ses regards,
Aprets d'une affreuse entreprise,
Vous causeriés moins sa surprise,
Que le silence de Villars. (1)

Et Toi qu'un double paricide
Joint pour jamais à ton epoux, (2)
Tendre et fidelle Adelaïde,
Revien un moment parmi nous.
Arme toi des memes furies
Que pour de moindres barbaries
Inventa la mere d'Hector.
Ne cede pas a la luxure

---

(1) Le maréchal avait gardé le silence sur des articles secrets du traité de Rastadt dont il avait été le négociateur, et par lesquels l'Empereur garantissait l'exécution du testament de Louis XIV, qui ôtait la régence au duc d'Orléans.

(2) La duchesse de Bourgogne, mère de Louis XV.

L'honneur de vanger ton injure
Sur ce nouveau Polimnestor. (1)

Aimable Enfant tu vois le goufre
Qui doit te rendre a tes ayeux.
On connoit ce que ton cœur souffre
Aux pleurs qui coulent de tes yeux.
Mais malgré ta douleur amere,
N'espere plus revoir ce pere
Que tes cris apellent en vain. (2)
On estime trop peu ta vië
Pour former la pieuse envië
De te ramener dans son sein.

Noble compagne de sa couche,
Pour qui la gloire a tant d'apas,
Je vois que ce malheur te touche
Plus que l'aproche du trepas.
Un avorton de la nature,
Qui malgré sa naissance obscure

---

(1) « Les debauches du regent lui avoient extremement affaibli la vue. Hecube creva les yeux a Polimnestor, roi de Thrace, » — qui avait tué son fils pour s'emparer des richesses qu'on lui avait confiées avec ce jeune prince.

(2) « Le roi pendant longtems demandoit *son papa du Maine.* »

Porte un cœur plus fier que le tien,
Vient d'une bouche impitoyable
T'anoncer l'arret effroyable
Qui confond ton rang et le sien. (1)

Laches dont la paix ni la guerre
N'ont jamais distingué le nom,
Inutiles poids de la terre,
Guiche (2), La Force, St Simon,
Votre orgueil et votre ignorance
Feront le destin de la France :
Tout sentira votre pouvoir.
Et l'on acablera des princes, (3)
De nos malheureuses provinces
Et tout l'amour, et tout l'espoir.

(1) « Le duc de St-Simon fut blamé de tout le monde pour s'etre chargé d'anoncer a M^e la duchesse du Maine l'arret qui avoit cté rendu contre son mari et ses enfans, et pour la disposer à deloger de l'apartement qu'elle occupoit aux Thuilleries. »

(2) « Le duc de Guiche, depuis marechal de Gramont, parvint a cette dignité pour s'etre saisi du palais avec le regiment des gardes qu'il commandoit, lorsque le duc d'Orleans se rendit au parlement pour faire casser le testament du feu roi. »

(3) Le duc du Maine et le comte de Toulouse.

Princesse, de la tirannië
Souffre le cours sans t'emouvoir.
Elle sera bientôt finie.
Ses excès nous le font prevoir.
Voi quelles nouvelles tempetes
Vont chercher les plus nobles tetes
Jusque dans le sein de Themis ; (1)
Et que reduits a cet ouvrage
Nos guerriers n'ont plus de courage
Que contre de tels Ennemis.

Tandis que la mort et la crainte
Assiegent tes persecuteurs,
Fui, princesse, sors d'une enceinte
Ou d'assassins ou de flatteurs. (2)
Les Arts marcheront sur tes traces ;
Dans la faveur, dans les disgraces,
Ton destin doit regler le leur.
Ils ont partagé ta fortune.
D'une constance peu commune,
Ils partageront ton malheur.

(1) « Les presidens de Blamont et de Feydeau, et Sᵗ-Martin consʳ au parlement, enlevés par les mousquetaires. »

(2) « La duchesse du Maine se retire a Sceaux. »

Cependant un grand Roi s'aprete
A te retablir dans tes droits.
L'Espagne forme une tempete (1)
Vangeresse du sang des Rois.
Objet de notre idolatrië,
Cher prince, vange ta patrie.
Songe qu'elle fut ton soutien ;
Et que dans son besoin extreme
Tu dois rendre a son diademe
Tout ce qu'elle fit pour le tien.

En vain un pouvoir tirannique
Pense t'en fermer les chemins,
Avec le secours Britannique
Et l'alliance des Germains.
Ouvre seulement la cariere :
La France n'a point de bariere
Qui ne s'abaisse sous tes pas ;
Ni son sein d'Enfant digne d'elle
Qui n'afronte pour ta querelle
Toutes les horreurs du trepas.

(1) « Le cardinal Alberoni avoit mis la monarchie Espagnole sur un pié qui la rendoit formidable au regent. »

Poursui ce prince sans courage,
Deja par ses frayeurs vaincu.
Fai que dans l'oprobre et la rage
Il meure comme il a vecu ;
Que sur sa tete scelerate
Tombe le sort de Mitridate·
Pressé des armes des Romains :
Et que son desespoir extreme
Ait recours a ses poisons meme,
Pour se garantir de tes mains.

———

ODE III

Coupable Reine d'Amathonte,
Dont les exces impetueüx
Ne laissent ni remords ni honte
Dans un Tiran voluptueux,
C'est a toi, source d'infamie,
Que ma lire ton ennemië
Veut adresser ces nouveaux sons,
Pour celebrer une victoire
Digne d'eterniser la gloire
Du plus cher de tes nourissons.

En vain l'Espagne s'emancipe
De porter trop loin son pouvoir :
Albion se vend a Philipe (1)
Pour la ranger a son devoir.
Apres cet exploit autentique
Fai venir ta pretresse antique

---

(1) « La flotte Angloise aux frais du regent se jette sur celle d'Espagne prete a debarquer en Sicile malgré le traitté de paix entre
les deux nations. »

Ces restes honteux de Thera ; (1)
Fai. que sa main incestueuse
Dresse une couche-somptueüse
Pour joindre Cinire a Mirrha. (2)

Sui les dans cette autre Capréë, (3)
Ou non loin des yeux de Paris,
Tu te vois bien mieux celebréë
Que dans l'ile que tu cheris.
Vers cet impudique Tibere
Condui Sabran et Parabere
Rivales sans dissentions :
Et pour achever l'allegresse,
Mene Priape a la princesse,
Sous la figure de Riöns. (4)

Que parmi de lacives troupes
De tes sujets les plus zelés,
Ce vin se verse a pleines coupes,
Par la main des Enfans ailés.
Que la nature sans nuages
Montre en eux tous ses avantages

(1) « La princesse de Montauban, vielle courtisane et longtems
entretenuë par Thera chancelier du pere du duc d'Orleans, s'etoit
renduë necessaire aux plaisirs de la duchesse de Berri. »
(2) Myrrha était fille de Cynire ; elle fut violée par son père.
(3) « Le chateau de la Meutte. »
(4) Le comte de Riom, amant de la duchesse de Berry.

Comme dans nos premiers ayeux.
Qu'ils tournent leurs mains effrontées
Contre des modes inventéës
Pour le suplice de leurs yeux.

Vainqueur de l'Inde, Dieu d'Erice, (1)
Soyés les ames du festin.
Faittes que tout y rencherisse
Sur Petrone, et sur l'Aretin.
Que plus d'une infame posture,
Plus d'un outrage a la nature
Excite d'impudiques ris :
Et que chaque digne convive
Y trace une peinture vive
De Capouë et de Sibaris.

Dans ces saturnales augustes,
Mettés au rang de vos egaux,
Et vos gardes les plus robustes
Et vos Esclaves les plus beaux.
Que la faveur, ni la puissance,
La fortune, ni la naissance
N'y puissent remporter le prix :
Mais que sur tous autres preside
Quiconque a la vigœur d'Alcide
Sous un visage de Paris.

(1) Bacchus et Cupidon.

Sommeil, donne enfin quelque treve
A tant d'agreables travaux.
Il faut que la feste s'acheve
Par la douceur de tes pavots.
Que chacun content de soi meme
Entre les bras de ce qu'il aime
Se laisse tomber mollement :
Et que dans l'un et l'autre sexe
La fin de cette piece implexe
Soit digne du commencement.

Rome, tu n'es pas moins en proië
A ton implacable Ennemi.
Tibere dort ivre de joië,
Mais Séjan n'est pas endormi. (1)
Dans ses pareils, ou ses complices
Il scait aux plus justes suplices
Ravir poisons, vols, et duëls ;
Et contre des cœurs purs et justes,
Les Buziris, ni les Procustes
N'ont jamais paru si cruëls.

(1) D'Argenson.

Sa barbare perseverance
A suivre son cruël penchant,
Du dernier soleil de la France (1)
Avoit obscurci le couchant.
Aujourdhui son pouvoir plus vaste
Porte sa fureur et son faste
Dans un exces encor plus grand :
Et de tant d'horreurs qu'il prodigue
Le fer seroit la seule digue
Qui put areter le torrent.

Quoi, Themis, ta brillante epéë,
Est inutile dans ta main !
Pourquoi n'est-elle pas trempéë
Dans le sang de cet inhumain ?
Pourquoi, pour prevenir leur chute
Sous tant de bras qu'il persecute
N'est il pas encore abattu ?
Soit par force, ou par industrië,
Tout crime fait pour la patrië
Devient un acte de vertu.

(1) Le duc de Bourgogne.

La patrie en vain vous implore,
Vils Français ! Tremblez que sur vous
Le ciel n'appesantisse encore
Les fers dont vous semblez jaloux.
Qui vit esclave est né pour l'être.
Armez-vous ! Dans le sang du traître
Effacez votre déshonneur.
Dieu suspend souvent son tonnerre,
Mais il mit le fer dans la terre
Pour en frapper l'usurpateur. (1)

Deserteur de ton Evangile, (2)
Geai paré des plumes d'autrui,
La Force, ou sera ton azile,
Lorsque tu perdras cet apui ?
Ches qui pouras tu t'introduire,
Quand tu n'auras pour te produire
Que le secours de tes clartés,
Quelques missions seraphiques, (3)
Peu de campagnes pacifiques,
Et beaucoup de vers empruntés.

(1) Cette strophe célèbre n'est pas dans l'autographe. Elle fut trouvée dans le manuscrit de Mirabeau, écrite de la main de l'orateur avec cette note :

« Un homme de lettres très-estimable sous tous les rapports m'a dit tenir de la tradition que cette strophe avait été soustraite des *Philippiques*. C'est assurement la meilleure. »

(2) Le duc de La Force était de la religion réformée qu'il abjura.

(3) « Le duc de La Force obtint du feu roi une pension de douze mille livres pour les missions qu'il avoit faittes dans ses terres. »

Mais comme dans la Tragedië
Les Acteurs muëts sont permis,
Ne crains pas qu'on te congedië
Du poste ou le Tiran t'a mis.
Pour t'aprocher de sa victime
Dans un rang encor plus sublime
Il va te créër de l'emploi. (1)
Tes pareils lui sont nécessaires ;
Qui trahit le Dieu de ses peres
Est digne de trahir son Roi.

Poursui, Neron, de tels Ministres (2)
Sont propres a te signaler.
Tant d'aprets, tant de pas sinistres
Ne sont pas faits pour reculer.
Veux tu t'assurer de l'Espagne,
Cede l'Alzace a l'Allemagne,
Les trois Evechés aux Lorains,
Et sourd aux cris de de ta patrië,
Rends l'Aquitaine et la Neustrië
A leurs antiques souverains.

(1) « Il avoit prié le regent de lui creer une charge de surinten-
dant des plaisirs du roi. »

(2) « L'auteur a imité ces vers de la Tragedië de *Britanicus* parce
que lorsque l'actrice les recitoit sur le theatre du palais Royal,
tous les spectateurs se tournerent vers le regent entouré de ses
favoris. »

ODE IV

Quelles vastes Metamorphoses,
Tandis que j'etois dans les fers, (1)
Changeoient l'ordre de toutes choses,
Meme jusqu'au fond des Enfers !
La Discorde y reprend ses chaînes.
Les deux Philipes a leurs haines
Font succeder des nœuds si beaux, (2)
Que pour tant de ceremonies,
Les déux puissances reuniës
N'auront pas asses de flambeaux.

Roi trop pieux, tels sont les pieges
Qu'une main venale te tend,
Lorsqu'a ses genoux sacrileges
Tu repands ton cœur penitent. (3)
C'est dans ce Tribunal supreme
Qu'il abuse du Diademe

(1) L'auteur s'était évadé, en 1722, du fort Sainte-Marguerite.
(2) « Le double mariage des deux princes d'Espagne avec les deux filles du regent. »
(3) « Le pere d'Aubanton, confesseur du roi d'Espagne, fut gagné par le moyen de l'abaïe de Brantome donnéë a son neveu par le regent. »

Que lui soumet ta piëté :
Et que les faux pas qu'il t'inspire
Par la chute de ton Empire
Relevent la Sociëté.

Cependant ma Muse affranchië
De ses triples portes d'airain,
Dans un coin de ta Monarchië
Croit respirer un air serain ;
J'y crois revoir le tems celebre
Ou les bords du Tage et de l'Hebre
Recevoient les fameux proscrits,
Quand Silla pratiquoit dans Rome
Les memes exces qu'un autre homme
A renouvellés dans Paris.

Mais de cet azile equivoque
Je commence a peine a jouïr,
Que l'Hebre esclave le revoque
Quand la Seine s'est fair ouïr.
Pour fuir un second esclavage,
Irai-je voir sur le rivage
Ou d'Hispahan ou de Memphis,
Si des Rois chretiens rejettéë
La vertu sera mieux traittéë
Chez les Sultans ou les Sophis ?

Toi dont l'or meut toute la terre (1)
Par l'espoir d'un bandeau royal,
Te parois je un foudre de guerre ?
Me prens tu pour un Annibal ?
Veux tu partout qu'on me denië
L'azile de la Bithinie,
Ou de la cour d'Antiochus ?
Veux tu du Midi jusqu'a l'Ourse
Me prescrire la meme course
Que prit la fille d'Inachus ?

Je vois un peuple a qui le Tibre (2)
A transmis sa gloire et ses loix,
Peuple a qui l'ardeur d'etre libre
A couté d'aussi longs exploits.
C'est la qu'un Lion secourable
M'offre une Egide impenetrable
Contre un Lion persecuteur,
Ou je puis libre et philosophe
Attendre en paix la catastrophe
Ou du pupile ou du Tuteur.

(1) Le Régent.
(2) La Hollande.

Tu celebres tes funerailles,
Par des danses et par des chants, (1)
Roi qui dechires nos entrailles,
Par des spectacles si touchans.
Victime au milieu de ces fetes
D'un Monstre armé de quatre tetes, (2)
Par qui ton sort est achevé,
Ne fais-tu briller tant de charmes
Que pour nous couter plus de larmes
Quand tu nous seras enlevé ?

Quel autel, quel trone s'eleve ?
Pour qui, pretres de l'Eternel,
Portes vous cette huile et ce glaive ?
Pour qui ce bandeau solemnel ? (3)
Sur quel front voules vous qu'il brille ?
Est ce Jephté qui pour sa fille
Me glace d'un mortel effroi ?
Est ce Joas que je contemple ?
Le couronnes vous dans ce Temple
Comme victime ou comme Roi ?

(1) « Les ballets dansés par le roi sur le theatre des Thuilleries. »
(2) « La quadruple alianco. »
(3) « Le sacre du roi, » — le 25 octobre 1722.

Ne soupçonne plus d'artifice
Ce memorable evenement,
France, ou tu crains un sacrifice
Tu ne vois qu'un couronnement.
L'on y mettroit de vains obstacles.
Celui qui fait les grands spectacles
Te repond des jours de ton Roi.
Toujours ouverts sur cette pompe
Ses yeux qu'aucun piege ne trompe
Remplacent ceux de Villeroi. (1)

D'une insolente Dictature
Silla justement depouillé
Va rendre compte a la nature
Des crimes dont il s'est souillé.
Deja vers le jeune Pompéë
Vole la foule detrompéë.
Mechans, vos beaux jours sont passés.
Tremblés. Par une fuitte promte
Prevenés la mort ou la honte
Dont vos crimes sont menacés.

(1) Le maréchal de Villeroi, gouverneur du jeune roi, avait été
exilé.

Soleil, dissipe ce phantome
Qui paroit dans un si grand jour.
A ton depart c'est un Atome,
C'est un colosse a ton retour.
Rome, que veux tu que je croïë
De voir que ta pourpre est la proïë
De ce troisieme scelerat, (1)
Par qui l'obscurité de Brive
Pour tenir la Gaule captive
Acheve le Trium-virat ?

Duc que nul oprobre ne touche, (2)
Et qui pour l'exemple du tems,
Meritois mieux qu'Horn et Cartouche
D'expier tes vols eclattans,
Un nouvel arret te menace
D'envoyer ton ombre tenace
Porter ton tribut au Nocher,
Ou d'Argenson pres de Sisiphe
Attend le secours de ta griffe
Pour rouler le meme rocher.

---

(1) « Le cardinal Du Bois natif de Brive la Gaillardé en Limou-
zin ou son pere etoit apoticaire. »

(2) « Le duc de La Force », — flétri par arrêt du parlement
pour accaparement d'épiceries.

Revenés briller dans vos places,
Heros indignement chassés,
Plus celebres par vos disgraces
Que par vos triomphes passés.
D'Aguessau, hate ton homage.
Villeroi, que malgré ton age
Ton zelle redouble tes pas !
Noailles, a ce jeune Auguste
Rends un Ami sincere et juste,
Qu'Antoine ne meritoit pas.

Nouvelle Reine de Palmire, (1)
Epoux, Domestiques, Enfans,
Moderne Longin que j'admire, (2)
Montrés lui vos fers triomphans.
Roi, voila ceux que tu dois croire.
Sans eux ton pouvoir, ni ta gloire
Ne sauroient bien se retablir.
Par eux tu puniras l'offense
Qui dans une eternelle enfance
A voulu te faire viellir.

(1) « Madame la duchesse du Maine. »
(2) « M. de Malezieu, chancelier de Dombes. »

Rompts le charme qui t'environne,
Tire toi d'un piege mortel.
Brise un joug qui mit ta couronne
Dans la famille de Martel.
Que ton bras formidable aux crimes
Vienne achever ce que mes rimes
Ont eu l'honneur de commencer,
Et d'avoir comme Aigles legeres
Porté les foudres messageres
De celles que tu dois lancer.

Alors Thebes, Troië, et Micene,
Vous cesserés de vous vanter
Que mon luth amant de la scene
N'ait que vos crimes a chanter.
L'ambition et la vangeance,
Filles d'une longue Regence,
Qui surpasserent vos horreurs,
Sans remuer vos cimetieres
Fourniront asses de matieres
A mes poetiques fureurs.

ODE V

Enfin la mort de Capanéë (1)
Sert d'exemple aux ambitieux :
Et la foudre de Salmonéë
Cede a celle qui part des cieux.
Qui veut trop s'elever trebuche.
Le crime dans sa propre embuche
Se trouve souvent abattu :
Et Clothon a nos vœux propice
Le pousse dans le precipice
Dont il menaçoit la vertu.

Que vois-je ? A peine son pié touche
Les tristes bords du Phlegeton,
Que pour son Trone et pour sa Couche
Je vois les frayeurs de Pluton.
Je vois sur la rive Infernale

(1) Le Régent mourut le 2 décembre 1723, frappé d'apoplexie.

Pigmalion, Sardanapale,
Ravis de pouvoir l'embrasser :
Et Cacus, Sisiphe et Tantale
Donner a cette Ombre royale
La gloire de les surpasser.

Biblis n'est plus tant occupéé
A faire un ruisseau de ses pleurs.
Phèdre, Jocaste et Pelopéé
N'ont plus ni remords ni douleurs.
Des sanguinaires Danaïdes
Et des lacives Propetides
Les homages lui sont rendus.
Et sa fille qui les ameine
Lui promet un plus grand domaine
Que les Etats qu'il a perdus.

J'aperçois la Reine d'Itaque
Chercher les plus creux monumens
Pour fuir une plus vive attaque
Que celle de tous ses Amans.
Je vois dans les bras d'Hector meme
Andromaque tremblante et bleme
Craindre de s'en voir aracher,
Et dans l'effroi qui la possede,
Didon apeller a son aide
Les flames d'un nouveau bucher.

Plus noir que le reste des Ombres,
D'Argenson vole a son secours,
Plus terrible aux rivages sombres
Qu'a ceux ou la Seine a son cours.
Avec sa fureur ordinaire
Il prend le poste sanguinaire
Qu'Eaque tient pres de Pluton.
Du Bois succede a Rhadamante
Et Minos saisi d'epouvante
Laisse sa place a d'Aubanton.

Ravi que la France ait vu naitre
Un prince plus mauvais que lui,
Des poisons qui l'ont fait conoitre
Charles (1) lui vient offrir l'apui.
Celui qui s'aquit l'avantage
De mettre nos Rois hors de page (2)
L'observe d'un œil attentif,
Et reconoit qu'en tirannië
Aupres d'un si rare genië
Il ne fut qu'un simple aprentif.

(1) « Charles le Mauvais, roi de Navare. »
(2) « Louis XI. »

Prince, rends ton regne celebre
Sur le rivage souterrain,
Sans craindre que la Seine ou l'Hebre
Regrettent un tel souverain.
Contens que leurs deux Monarchies
Soient heureusement affranchies
De tes execrables projets,
Ils te veront sans jalousië,
Par les loix de la frenesië
Gouverner tes nouveaux sujets.

Fin des *Philipiques*.

www.ingramcontent.com/pod-product-compliance
Lightning Source LLC
Chambersburg PA
CBHW070809260626
47161CB00006B/2211